Katharina Gerwens

Stille Nacht, kalte Nacht

Katharina Gerwens

Stille Nacht, kalte Nacht

Ein Adventskrimi zum Aufschlitzen in 24 Teilen

Pattloch

1. Dezember

2. Dezember

Eichwalde hat er seiner Geliebten ein Darlehen abgeschwatzt. Und dann war über Nacht nicht nur der Vertrag verschwunden, sondern auch der Baron und die Geldsumme in sechsstelliger Höhe sowieso. Du hättest mir früher von ihm erzählen sollen.« Wolfgang klang vorwurfsvoll. »Dann wüssten wir vielleicht seinen tatsächlichen Namen und auch, mit welchen Tricks er sich immer wieder tarnt.«

»Ich konnte doch nicht wissen, dass dieser Ignatz der Kerl ist, den du im Verdacht hast. Außerdem sollte ich deinen Wahn nicht noch weiter unterstützen.« Silvia schüttelte den Kopf. »Anstatt immer hinter diesem Kerl her zu sein, solltest du dich lieber mal nach einer Frau umsehen. Es ist nicht gut, allein zu sein.«

»Eins nach dem anderen.«

Vielleicht, so dachte er nun, bekäme er eine Chance bei einer jener Frauen, die er aus den Fängen dieses Lügenbarons befreien würde. Er war halt immer noch ein Träumer.

»Der Kriminaldirektor wird dich wegen eines Love-Scammers nicht nach München schicken«, überlegte Silvia.

»Und du glaubst, ich kann denen da in einem Telefonat mein Wissen der letzten sechs Jahre weitergeben? Oder gar meine Intuition? Mein Bauchgefühl?«

»Die wollen eh nur Fakten.«

»Fünf Namen und vier ziemlich verwischte Fotos? Das ist alles, was ich für die habe. Damit kommen die keinen Schritt weiter. Und ich bleibe dann hier mit meinen ungeklärten Fällen sitzen. Nein, so geht das nicht. Wenn es sein muss, nehme ich tatsächlich Urlaub und kümmere mich selbst um die Sache.«

»Du hast keine Ahnung, auf was du dich da einlässt!«, warnte Silvia.

Keiner der beiden ahnte, wie verdammt recht sie damit hatte.

2. Dezember

Meine Freundin hat ihn mir als Ignatz von Ihlienworth vorgestellt und mir ein Foto gezeigt. Sie hat ihn über ein Partnerportal im Internet kennengelernt.«

»Du musst sie warnen, sie darf den nicht treffen!« Wolfgang klang besorgt.

»Sie hat ihn eh schon abgehakt und wollte ihn dann ausgerechnet mir andrehen. Aber was soll ich mit einem so alten Mann?«

»Das stimmt.« Er nickte. »Du bist ja grade halb so alt wie ich. Tatsächlich, er sieht dem Oberlungwitz schon ein bisschen ähnlich. Schau mal.«

Sie trat hinter ihn an den Computer und er wies auf ein weiteres Porträt: »Das da ist Engelhard von Eichwalde. Vermutlich aber ist es auch Ignatz, Otfried und wohl auch Ugo.«

»Nur mit sehr viel gutem Willen.« Silvia biss sich auf die Lippen. »Du verrennst dich da in was. Fahr lieber in Skiurlaub.«

»Nein, ich bin seit sechs Jahren hinter ihm her. Und jetzt endlich könnte ich ihn vor der Tat überführen. Sechs Jahre und fünf Identitäten. Als Engelhard Baron von

3. Dezember

Hauptkommissarin Barbara Freiberg traute ihren eigenen Augen nicht. War das nicht gerade Melissa? Melissa, die seit Wochen keine Zeit mehr hatte, um sich mit ihrer besten Freundin zu treffen oder auch nur mit ihr zu telefonieren? Beschwingt kam sie aus einem Geschäft, in dem Barbara noch nie gewesen war und in das man auch nicht hineinging. Nicht mehr in ihrem Alter. Gestresst wirkte Melissa keineswegs, als sie nun den Kragen ihres Webpelzmantels hochschlug und zufrieden lächelte.

Barbara staunte. Auch die Haarfarbe war anders. Dunkelrot mit einem hellen Glitzern. Es sah albern aus. Eine Schuldirektorin sollte nicht so herumlaufen. Barbara verspürte den Impuls, auf ihre Freundin zuzugehen und sie zu fragen, was diese Kostümierung solle.

Im letzten Moment hielt sie sich zurück. Melissa würde ihr ohnehin nicht verraten, warum sie am helllichten Tag in einer der teuersten Ecken Münchens Dessous kaufte und selbstbewusst die Tüte mit der Aufschrift *Chez Chloé* über die Leopoldstraße spazieren führte, anstatt sie in ihrer schwarzen Handtasche zu verstecken.

Da stimmte was nicht! Und erst dann begriff sie: Melissa war verliebt. Das erklärte alles und Barbara fragte sich, ob sie sich

darüber freuen sollte oder ob sie nicht ein bisschen neidisch war. Auf jeden Fall veränderte das alles! Es sah plötzlich nicht mehr so aus, als würden sie auch in diesem Jahr – wie seit mehr als dreißig Jahren – das Weihnachtsfest zusammen verbringen und sich dabei gegenseitig versichern, dass das Leben um einiges einfacher war, wenn einem kein Mann dazwischenredete.

»Das mit den Männern liegt weit hinter uns«, hatte Melissa noch vor einem Jahr großspurig behauptet. Und nun das! Für wen sonst färbte sie sich die Haare und trug seidene Unterwäsche? Doch nur für einen Mann!

Und deshalb hatte sie auch nie Zeit für ihre älteste und einzige Freundin.

Barbara würde Melissa heute zur Rede stellen. Am besten begann sie gleich mit dem Satz: »Was ist mit Weihnachten?«

Dann müsste Melissa sich erklären. Das würde sicher interessant.

Doch es sollte ganz anders kommen. Auf ihrem Schreibtisch lag ein Brief. »Bitte kommen Sie ins Personalbüro.«

»Wollen Sie nicht jetzt Ihre Urlaubstage nehmen? Es wäre gerade günstig.« Die Personalsachbearbeiterin musterte sie mit strengem Blick. »Sie haben es nötig.«

Barbara wäre ihr am liebsten ins Gesicht gesprungen. Doch dann hatte sie eine Idee und stand auf.

»Okay, dann werde ich am ersten Januar wieder hier sein. Schönes Fest und guten Rutsch!«

»So eilig ist es nun auch wieder nicht!«

»Anders ist keine Erholung gewährleistet«, behauptete Barbara rigoros und drehte sich auf dem Absatz um.

Sie würde ihre Freundin nach allen Regeln der Kunst observieren und sie damit vor einem Unglück bewahren. Denn dass das nicht gut gehen konnte, lag ja wohl auf der Hand.

Hatten sie sich regelmäßig besucht, so dachte Barbara nun, denn seit zwei, drei Monaten reagierte Melissa auf fast jede Einladung mit Absagen und Ausflüchten.

Da stimmte etwas nicht!

Und jetzt hatte Melissa auch noch den Vorhang ihres Wohnzimmerfensters halb zugezogen. Das war noch nie vorgekommen. Als fürchtete sie sich vor Barbaras Blicken.

Gegenüber ging das Licht in sämtlichen Räumen an. An Melissas Schatten erkannte Barbara, dass ihre Freundin vor dem kleinen Sekretär mit ihrem Laptop stand. Jetzt wandte sie sich ab und ging ins Bad.

Es dauerte gefühlt eine Ewigkeit, bis Barbara hinter dem hellen Wohnzimmervorhang wieder einen Schatten ausmachen konnte. Also war Melissa nichts passiert. Man hörte ja immer wieder von unglücklichen Stürzen im Bad.

Aber was war das? Tanzte Melissa vor ihrem Laptop? Die ausgebreiteten Arme waren unverkennbar – war sie etwa nackt aus dem Bad gekommen?

Barbara stockte der Atem …

Halt, stopp, ab wann kann ich Ihren Urlaub als fix eintragen?«

»Sofort!« Barbara sah demonstrativ auf ihre Uhr. »Bei mir ist Freitag, 4. Dezember. Ich bin dann mal weg!«

Die Personalsachbearbeiterin schüttelte den Kopf und grummelte vor sich hin: »Erst kann sie sich gar nicht entscheiden und dann muss es Knall auf Fall sein. Typisch!«

»Ja, ich mache mir Sorgen um meine Freundin«, dachte Barbara, sagte aber stattdessen: »Ihnen kann man auch gar nichts recht machen.«

In einer Stunde würde es draußen schon dunkel und so beschloss Barbara, mit Melissas Observierung vom heimischen Wohnzimmer aus zu beginnen. Um sich dabei zu stärken, kaufte sie beim Italiener um die Ecke einen großen Vorspeisenteller und ein halbes Ciabatta. Rot- und Weißwein hatte sie immer zu Hause.

Doch als es dann so weit war und sie ihren Schreibtisch ans westliche Fenster gerückt hatte, an einen Platz, wo er sonst nie stand, das Essen vor sich ausbreitete und sich ein Glas Wein einschenkte, fragte sie sich doch, was sie da eigentlich machte: War es ein Freundschaftsdienst oder reine Neugierde?

»Das ist das Beste für eine Freundschaft«, hatte Melissa vor mehr als dreißig Jahren gesagt, als sie beide unter der gleichen Adresse eine Wohnung fanden. Melissa im Vorderhaus im dritten Stock, Barbara im Hinterhaus und eine Etage höher. Das Verhältnis zwischen Abstand und Nähe war perfekt. Sie konnten sich mit einer Taschenlampe Morsezeichen geben, auch wenn das bisher noch nicht vorgekommen war. Ebenso wenig hatte eine von ihnen in einer Notlage ein großes Schild mit den Buchstaben HILFE ans Fenster gehalten. Stattdessen besuchten sie sich regelmäßig.

4. Dezember

5. Dezember

War das wirklich ihre Freundin Melissa, die sich vor dem aufgeklappten Laptop hüftschwenkend hin und her drehte? Womöglich in den neuen sündhaft teuren Dessous?

Bemerkte sie nicht, wie lächerlich sie aussehen musste? Was war nur in sie gefahren? Kopfschüttelnd stellte Barbara sich vor ihren Garderobenspiegel und zog den Bauch ein. Sie und Melissa hatten fast die gleiche Figur.

»Ich wusste gar nicht, dass es Reizwäsche auch in Größe 44 gibt«, murmelte sie, setzte sich erneut an den Schreibtisch und tunkte seufzend ein Stück Ciabatta in Olivenöl. »Wenn ich so weitermache, bin ich bald bei Größe 46.«

Vor Barbaras innerem Auge fand gegenüber eine Modenschau der Verwerflichkeit statt.

Sie wartete noch eine halbe Stunde und griff dann zum Telefon. »Wir sollten mal wieder ein Glas Wein zusammen trinken. Was ist los? Früher haben wir das doch mindestens zweimal in der Woche gemacht«, sprudelte es aus ihr heraus.

Melissa antwortete leise und bestimmt. »Tut mir leid, ich muss noch ein paar Arbeiten korrigieren.«

Zu gerne hätte Barbara ihren Gesichtsausdruck gesehen.

»Aber vor Weihnachten gibt's doch keine Zeugnisse mehr. Welcher Lehrer tut seinen Schülern schon sowas an. Weißt du was, ich komme in etwa einer Stunde rüber. Dann hast du dir eine redliche Pause verdient.«

Sie hörte, wie Melissa nach Luft schnappte. »Also in einer Stunde geht es leider gar nicht.«

Die Kommissarin sah auf ihre Uhr. 19:28 Uhr. In einer Stunde würde sich also da drüben etwas tun, was Melissa unbedingt geheim halten wollte. Sollte sie die Privatsphäre ihrer Freundin respektieren oder war es ihre Pflicht, auf Melissa achtzugeben? Ein klassischer Konflikt. Sie beschloss, nach der Tagesschau einen weiteren Blick zu wagen und dann zu entscheiden.

Wenn es keinen Grund zur Sorge gab, konnte sie immer noch in den Bayerischen Wald fahren und es sich dort in einem Wellnesshotel gutgehen lassen. Möglicherweise würde Melissa sogar nachkommen, sobald die Weihnachtsferien begannen.

In diesem Moment verkündete Sven Plöger im ARD-Wetterbericht eine Kaltfront, die heftigen Schneefall bringen würde. Schon sah Barbara sich tagsüber über eine Langlaufloipe gleiten und bei Einbruch der Dunkelheit in einem türkischen Bad sitzen. Das wär's. Fast hätte sie erneut zum Telefon gegriffen und Melissa diese Perspektive mitgeteilt, stattdessen aber nahm sie ihr Opernglas und blickte in das Fenster des gegenüberliegenden Hauses.

Scharf sog sie die Luft ein.

6. Dezember

Melissa hatte in ihrer Aufregung den Wohnzimmervorhang nicht sorgfältig genug geschlossen. Und sie war nicht allein.

Durch einen schmalen Spalt sah Barbara einen hochgewachsenen Mann mit grauem Haar, der einen Arm um Melissa gelegt hatte und ihr etwas ins Ohr zu flüstern schien. Melissa hatte ihren Kopf in seine Schulterbeuge gebettet. Ein kleines Mädchen, das Schutz suchte.

»Bist du des Wahnsinns!«, dachte Barbara laut. »Das hast du doch nicht nötig! Du bist Rektorin einer Schule. Du bist nicht klein und hilflos. Seit fast vierzig Jahren haben wir alles gemeinsam gemeistert und jetzt tauschst du mich gegen den da aus?!«

Doch es war kein Austausch – und sie wusste es. Melissa war verliebt. Für diesen Kerl war sie bei *Chez Chloé* gewesen und für ihn hatte sie am frühen Abend jene Wäsche vor dem Spiegel angezogen, von der sie hoffte, dass er sie ihr nun wieder ausziehen würde. War der Kerl das wert?

Barbara wusste, dass sie nicht objektiv war, und drehte an der Schärfeneinstellung des Opernglases.

Wahnsinn – was für ein Kleid trug Melissa da eigentlich? Nachtblau mit tiefem Rückenausschnitt und auffällig figurbetont. Ob der hagere Typ da drüben auf leicht übergewichtige Frauen stand? Offensichtlich ja.

Barbara griff nach einer Bruschetta. Sie war gespannt, ob ihr dieser Mann jemals vorgestellt werden würde.

Doch statt weiter zu grübeln, überließ sie die Turteltauben im dritten Stock des gegenüberliegenden Hauses sich selbst und suchte stattdessen online nach interessanten Hotel- und Freizeitangeboten im Bayerischen Wald. Schließlich hatte sie Urlaub und es war für die nächsten Tage viel Schnee angesagt worden.

Vor dem Zubettgehen warf sie noch einen letzten Blick in Richtung der gegenüberliegenden Wohnung.

Alle Kerzen waren gelöscht. Einzig die Energiesparlampe im Flur brannte. Sie musste vor wenigen Sekunden eingeschaltet worden sein, denn Barbara registrierte, wie sie nach und nach heller wurde. Und unter dieser Lampe stand der hochgewachsene Mann mit Anzug, Hemd und Krawatte – hatte er das überhaupt abgelegt?

Er schlüpfte in einen honigfarbenen Kamelhaarmantel und setzte seinen Hut auf. Warum blieb er nicht über Nacht? Das war doch das Mindeste für den Ausklang eines solchen Abends.

Sollte sie ihm folgen?

Dieser Typ war Melissas Geheimnis – das erste Geheimnis, das Melissa jemals vor ihr hatte. Fast vierzig Jahre lang hatten sie alles miteinander geteilt.

Doch morgen würde sie Melissa mit dieser Heimlichtuerei konfrontieren und wie nebenbei bemerken: »Du hattest ja gestern Besuch in deiner Wohnung.«

Aber dann hatte sie eine noch viel bessere Idee.

7. Dezember

Der Fremde kam auf so leisen Sohlen die Treppe hinuntergeschlichen, dass er Barbara schon allein deshalb verdächtig vorkam. Sie tat so, als sei sie gerade von der Straße ins Haus gekommen und habe Schwierigkeiten, ihren Briefkasten zu öffnen. Gespielt gleichgültig warf sie einen Blick auf den an ihr Vorübergehenden, der ein wenig nach Melissas Parfum duftete.

Er blieb stehen, wandte sich um und raunte mit dem Ton eines Verschwörers: »Guten Abend.«

Barbara lächelte nichtssagend und in genau diesem Moment fiel im kühlen und zugigen Hausflur das Licht der Neonlampe auf sein gebräuntes Gesicht mit den graugrünen Augen, die sie an die Farbe von Olivenbaumblättern denken ließen.

»Abend«, murmelte sie, tat abwesend und spielte dann die Erstaunte: »Sind Sie gerade eingezogen? Ich habe Sie hier noch nie gesehen. Auf jeden Fall, herzlich willkommen.« Was für ein übertriebenes Gebrabbel. Aber ihn schien es nicht zu stören.

»Nein, nein. Ich habe nur einen Besuch gemacht.« Sein langer wohlwollender Blick gab ihr das Gefühl, als einzige bei einer komplizierten Prüfung das Richtige gesagt zu haben.

Errötend ließ sie den Schlüssel in ihre Manteltasche gleiten und dachte: ›Dieser Mann ist zu schön für Melissa. Er ist aber auch zu schön für mich.‹

»Und Sie, wohnen Sie hier?«

Sie nickte und sah demonstrativ auf ihre Uhr. »Es ist schon spät. Gute Nacht.«

Dann eilte sie zu dem Durchgang, der zum Hinterhaus führte, und wunderte sich über ihr Herzklopfen.

Niemals durfte Melissa davon erfahren! Und was besonders ärgerlich war: Sie fühlte sich eigenartig aufgeregt und dass ihr diese Gefühle nicht peinlich waren, stieß ihr besonders unangenehm auf.

In der gegenüberliegenden Wohnung im dritten Stock waren alle Lichter gelöscht. Ob Melissa bereits von ihrem Traummann träumte?

Wolfgang Fischer hatte es befürchtet. »Ich werde dich doch nicht nach München schicken! Die haben genug fähige Leute. Gib denen dein Wissen weiter und mach hier deine Arbeit. Wir sind doch kein Wanderverein.«

Mit dem Kriminaldirektor hatte er noch nie gut verhandeln können.

Es blieb ihm nur die Option, einen Winterurlaub einzureichen. Am besten gleich den ganzen Resturlaub des laufenden Jahres.

»Ja, Erholung wird dir guttun. Du verbeißt dich immer viel zu sehr in Details.«

Der Kriminaldirektor hatte ja keine Ahnung.

Das sagte Wolfgang kurz darauf auch zu Silvia und versprach ihr: »Ich werde diesem Lügenbaron das Handwerk legen. Und niemand wird mich daran hindern!«

Er ahnte noch nicht, dass das größte Hindernis sich ihm gleich am nächsten Tag in den Weg stellen würde.

8. Dezember

Das Pensionszimmer war winzig. Es hatte ein schmales Bett, einen Fernseher, der fast noch kleiner war als das Display seines Laptops, keinen Balkon, aber dafür einen Schreibtisch direkt am Fenster mit einem äußerst unbequemen Stuhl davor. Egal. Wolfgang Fischer war ja nicht hierhergekommen, um Urlaub zu machen.

Er hatte eine Mission. Wie das klang. Fast ein bisschen christlich.

Unter ihm rumpelte die U2. Das Gebäude stand direkt auf einem U-Bahn-Tunnel und vibrierte in regelmäßigen Abständen. Umso besser: Mit genau dieser U-Bahn würde er morgen sieben Stationen weiter zum Franz-Joseph-Platz fahren. Dann wäre er ganz in der Nähe des Hauses, in dem Melissa wohnte. Denn um die ging es und nicht um ein gemütliches Hotelzimmer. Schließlich würde sie das nächste Opfer des Lügenbarons sein, wenn er diesem nicht vorher das Handwerk legte.

Am besten noch vor Weihnachten. Viel Zeit war da nicht mehr. An dem Adventskranz in der Gaststube seiner Pension war schon die zweite Kerze angezündet worden. Es war Montag, der 13. Dezember und bei seinem Gang durch die Stadt begegneten ihm an allen Ecken und Enden Weihnachtsmänner.

Auf Wolfgangs kleinem Laptop war alles gespeichert, was er über Melissa hatte herausfinden können. Er überflog die Unterlagen, sah in den fallenden Schnee vor der Fensterscheibe und fragte sich, warum eine so gestandene Frau sich dermaßen hinters Licht führen ließ. Sie schien doch mit beiden Beinen fest im Leben zu stehen! Eine resolute Schuldirek-

torin Mitte fünfzig mit vielfältigen sozialen Kontakten.

Und dann kam ein schöner Mann, raspelte Süßholz, gab sich als Märchenprinz und schon glaubte sie nur noch an das, was sie sich wünschte: das große Glück zu zweit.

Wolfgang Fischer stellte sich vor den Spiegel an der Innentür des Schrankes. Warum war er nicht so attraktiv?

Er selbst wäre zu gern nur an einem Tag in seinem Leben so gutaussehend gewesen, dass er sich von Frauen begehrt fühlen durfte. Aber dazu reichte es nicht. Er hatte eine auffällig große Nase, seine Augen standen ein bisschen zu weit auseinander, seinen Lippen fehlte der sinnliche Zug – was auch immer das war –, sein Haar wurde grau und seine Haltung war nicht gerade die eines Siegers. Er sah aus wie vermutlich neunzig Prozent aller Männer seines Alters. Frauen streiften ihn mit einem Blick und sahen über ihn hinweg. So war es nun mal.

Dieser Lügenbaron dagegen hatte immer und sofort Erfolg. Selbst bei dieser Melissa hatte es geklappt. Ob sie sich heute nach der Schule mit Alexander von Andernach traf, wie er sich augenblicklich nannte?

Silvia hatte sich in den Mail-Account der Studienrätin gehackt und ihm den Link weitergeleitet. Vielleicht stand der Herr von ja am Nachmittag zwischen Müttern und Vätern, die ihre Kleinen einsammelten, und hätte nur Augen für seine Melissa. Die zudem über ein beträchtliches Vermögen verfügte, wie Silvia recherchiert hatte.

Nun war es bereits 22:50 Uhr. Ein Blick in die Minibar enttäuschte ihn. Da stand nur eine Flasche Wasser.

Während er noch überlegte, ob er das Hotel verlassen und in der Tegernseer Landstraße nach einer Kneipe Ausschau halten sollte, klingelte sein Handy. Es war seine Assistentin Silvia.

»Chef, es gibt schlechte Nachrichten.«

9. Dezember

Sie kam gleich zur Sache: »Es gibt ein weiteres Opfer deines Lügenbarons. Eine Frau hat ihr ganzes Vermögen – und das ist nicht wenig – einem Ignatz von Ihlienworth vermacht. Und das soll nun vom Testamentsvollstrecker auf dessen Firmen-Konto auf den Cayman-Inseln überwiesen werden. Der einzige Erbe, ein Neffe zweiten Grades, protestiert jetzt heftig und da fiel denen vom Betrugsdezernat in letzter Minute noch deine Recherche nach einem Herrn von und zu ein. Sonst hätten wir nie davon erfahren.«

»Was ist der Frau passiert? Wie starb sie? Eines natürlichen Todes?« Wolfgang Fischer stellte sich mit dem Handy vor den Spiegel.

»Natürlich nicht!« Silvia klang gereizt. »Sie ist zu weit hinausgeschwommen und ertrunken.«

»Wo geht man denn in dieser Jahreszeit noch schwimmen?« Draußen schneite es immer heftiger und alle Hausdächer verschwanden unter einer weißen Decke.

»In Ägypten. Sie wollte wohl einen privaten Rekord aufstellen und ist von einem Mann im Ruderboot begleitet worden.«

»Aha.« Wolfgang spekulierte: »Und als sie seine Hilfe brauchte, ist er auf und davon?«

»Vermutlich. Aber wie willst du das beweisen?!« Silvia seufzte. »Hör mal, ich habe allein heute wegen dieser Geschichte drei Überstunden drangehängt. Jetzt gehe ich nach Hause.«

»Stopp, check bitte vorher noch, mit wem sie im Hotel war.«

»Schon erledigt. Die beiden hatten sich als deutsches Ehepaar dort eingetragen. Rolf und Christina Heinevetter. Christina Heinevetter ist nun tot. Nur ihre Identität ist sicher, da sie alles mit ihrer Scheckkarte bezahlt hat. Sie war übrigens nie verheiratet und der Kerl hat es irgendwie geschafft, sich nicht ausweisen zu müssen. Aber wenn das Erbe auf das Konto von diesem Ignatz geht – wer sonst sollte es sein?«

»So sehe ich das auch! Danke. Super Arbeit! Ich versprech' dir, noch bevor es Weihnachten ist, sitzt er hinter Gittern! Das wird dann keine heilige, sondern eine sehr kalte und ungemütliche Nacht für ihn – oder ganz viele bittere Nächte. – Können die Kollegen ihn nicht festnehmen, wenn er sein Geld abholt?«

»In der Karibik?« Silvia lachte. »Das geht doch heute alles online. Übrigens, als die Leiche an den Strand gespült wurde, war Rolf Heinevetter alias dein Lügenbaron längst weg. Keine Spur mehr von einem Mann in dem Hotelzimmer. Als hätte es ihn nie gegeben. Der versteht es, sich unsichtbar zu machen. Und Fotos von dem glücklichen Paar gibt es natürlich auch nicht.«

»Dann ist das wohl unser Mann!«

»Yes. Schnapp ihn dir! Und zwar sofort!« Seine Assistentin schien zu lächeln.

Zu gern hätte er nun ein Bier getrunken, aber in der Minibar war nur Wasser. Nun gut. Morgen brauchte er sicher einen klaren Kopf.

Er ahnte noch nicht, wie klar sein Kopf sein musste.

10. Dezember

Nach einem ausgiebigen und gemütlichen Frühstück an ihrem ersten Urlaubstag rief Barbara Melissa an. Sie wusste, dass diese in der großen Pause immer gut zu erreichen war. Und tatsächlich, Melissa meldete sich sofort auf ihrem Handy. »Hi, wie geht's?«

»Bestens.« Barbara klang betont munter. »Ich musste mir fast drei Wochen Urlaub nehmen, bevor alles verfällt. Sollen wir heuer mal zu Weihnachten verreisen? Ich hätte Lust auf ein Wellness-Hotel. Da gibt's bestimmt auch einen Tannenbaum im Foyer.«

Melissa druckste herum. »Du, ich wollte dir die ganze Zeit schon was sagen.«

Barbara triumphierte. Endlich kamen mal Fakten auf den Tisch. »Ja, erzähl. Hast du etwa schon einen Tannenbaum gekauft? Dann bleiben wir natürlich hier.«

Sie spürte förmlich, wie Melissa sich am anderen Ende des Funkkontaktes wand und nach Ausflüchten suchte. »Sorry. Da will grad eine Kollegin was von mir. Können wir das heute Abend besprechen?«

»Logo. Ich komme zu dir. Gegen sieben. Ich bleib auch nicht lange.«

Jetzt hatte sie sie! Nun gut, fair war das nicht. Aber es war auch nicht fair von Melissa, ihrer besten Freundin gegenüber diesen Mann nicht zu erwähnen und dann auch noch mit Kolleginnen-Ausreden zu kommen.

Und wer wusste schon, wo die Studienrätin sich heute Nachmittag herumtreiben würde? Ging sie vielleicht zum Friseur, um sich noch mehr Lichtpunkte in das plötzlich errötete Haar setzen zu lassen, ließ sie sich von einer Kosmetikerin schminken, kaufte sie sich etwa High Heels und gewagte Nachtwäsche?

Niemals hätte Barbara gedacht, dass sie mal auf Melissa aufpassen müsste! Aber jetzt war es wohl soweit.

Sie beschloss, ihren Beobachtungsposten am Schultor einzunehmen. Um 15:30 Uhr war Melissas Arbeitstag zu Ende.

Wolfgang Fischer hatte so gut und tief geschlafen, als sei er vom unterirdischen U-Bahn-Rumpeln in einen sanften Schlummer gewiegt worden. Doch im Moment des Erwachens dachte er an jene in Griechenland ertrunkene Christina, die sich von einem Lügenbaron Glückseligkeit erhofft und stattdessen den Tod gefunden hatte.

Zeit, diesem Kerl das Handwerk zu legen. Zeit, Melissa Mönninghoff zu retten.

Gleich nach dem Frühstück machte er sich auf den Weg.

Wie Melissa aussah, hatte er der Homepage der Schule entnommen. Sympathisch. Zugewandt. Er würde sie nicht ins Unglück laufen lassen.

Jetzt, um 7:55 Uhr, stand er in der Morgendämmerung am Eingang zum Schulhof, beobachtete viele Mütter und wenige Väter, die ihre Knirpse in die Schule brachten und ihnen viel Erfolg wünschten.

Frau Melissa stand bereits auf der Freitreppe und winkte die Schüler zu sich herein. Zu gern wäre auch Wolfgang Fischer diesem Winken gefolgt. Er verspürte eine schmerzliche Sehnsucht. Wann hatte ihm zuletzt jemand zugewinkt?

11. Dezember

Es musste an dem bevorstehenden Weihnachtsfest liegen. Nicht einmal mehr zehn Tage. Die ganze Stadt war erfüllt von einer eigenartigen Erwartungshaltung, gepaart mit vorweihnachtlicher Hektik. Überall schritten würdige Weihnachtsmänner in roten Gewändern durch die Straßen und ließen ihre weißen Bärte wehen.

Barbara versuchte, sich dem zu entziehen, schaffte es aber nicht ganz. Ihre unterschwellige Panik bezog sich auf die Frage, wie sie das Weihnachtsfest allein über die Bühne bringen würde. Und zwar ohne ein Zuviel an Rotwein. Damit war zu rechnen, denn sicher würde Melissa mit ihrem neuen Freund feiern wollen.

Seit sie sich kannten, und das war seit ihrer Gymnasialzeit, hatten sie immer den Heiligen Abend gemeinsam verbracht. Stets war die eine bei der anderen gewesen – und gelegentlich nahmen auch ein oder zwei Männer daran teil. Aber gestört hatten die nie. Jetzt jedoch schien Melissa ihr eigenes Ding durchzuziehen, denn sie hielt ihren aktuellen Partner vor Barbara geheim. Das war bitter und lag sicherlich an diesem Mann.

Um 15:30 Uhr war der Schulhof längst leergefegt und Barbara versteckte sich hinter einer Kastanie.

Aus den Augenwinkeln heraus nahm Barbara wahr, dass auch die Linde auf der anderen Seite des Schulhofes jemandem ein Versteck bot; da behielt noch ein Spion den Schulhof im Blick. Als die Schuldirektorin die Treppen herunterkam,

wurde der Typ gegenüber ein klein wenig aktiver.

Das konnte doch nicht der Mann von gestern Abend sein?

Barbara setzte ihre Sonnenbrille auf. Einzig von der Größe passte er zu dem, dem sie gestern Nacht begegnet war. Dieser hier war kräftiger, hatte eine größere Nase und er bewegte sich auch anders. Nicht so geschmeidig.

Beherzt und mit dem Auftreten einer Ermittlerin schritt sie auf ihn zu. »Ich habe Sie hier noch nie gesehen. Kann ich Ihnen helfen? Suchen Sie jemanden?«

Der Fremde sah sie lange an. Dann schüttelte er den Kopf. »Nein.«

»Und warum stehen Sie dann hier? Haben Sie es etwa auf die kleinen Jungs abgesehen oder die kleinen Mädchen?«

Wolfgang fragte sich, ob er wie ein Pädophiler aussah, und log: »Nein. Ich wollte die Schulleiterin sprechen. Wegen meines Enkels«, schob er schnell hinterher, obwohl er weder Kinder noch Enkel hatte, nicht einmal eine Partnerin.

»Da sind Sie aber fürsorglich und schauen sich nicht nur die Schule, sondern auch diese Schuldirektorin an?« Barbara lachte.

Sie hatte schöne Zähne, stellte Wolfgang fest und fragte: »Kennen Sie sie persönlich?«

»Wie man's nimmt«, antwortete Barbara kryptisch und wandte sich zum Gehen.

»Wir könnten noch einen Kaffee trinken«, rief er ihr zu.

Barbara drehte sich um und sah ihn unschlüssig an.

CAFÉ

12. Dezember

Später wunderte sie sich darüber, dass sie bedenkenlos mit ihm zum Kaffeetrinken gegangen war. Mit einem wildfremden Mann, den sie vor Melissas Schule angesprochen hatte und der ganz offensichtlich an Melissa interessiert war.

Das wäre es, dachte Barbara insgeheim, Melissa stellt mir ihren Liebhaber vor und ich könnte dann auch einen Freund vorweisen.

Sie betrachtete ihr Gegenüber mit einem abschätzenden Blick. Er hatte sich ihr als Wolfgang Fischer vorgestellt. Natürlich nahm sie ihm die Geschichte mit dem schulpflichtigen Enkelkind nicht ab. Der war eindeutig hinter ihrer Freundin her. Ebenso wie der andere. Was hatte die nur an sich, dass ihr plötzlich alle Männer nachliefen? War es den Verliebten etwa anzusehen, dass sie begehrt wurden, und sprang dieses Begehren dann auf andere über – ähnlich einer Krankheit?

Sie hatte diesen Wolfgang angestarrt, als säße er ihr beim Verhör gegenüber. Abrupt hatte sie dann den Kopf zur Seite gedreht und in die fallenden Schneeflocken geschaut. Wäre es nicht besser, sie verfolgte Melissa? Wer wusste schon, was die gerade wieder anstellte. Verliebte waren doch nicht zurechnungsfähig! Sie mussten beschützt werden.

»Noch ein Stück Kuchen?« Wolfgang riss sie aus ihren Gedanken.

»Nein, um Gottes willen!« Sie lächelte ihn an und er lächelte zurück, zwinkerte dabei mit dem rechten Auge. Seine Augen waren braun. »Sie wollen wirklich von Mannheim nach München ziehen?«

Er nickte und log: »Ja, ich habe auch schon eine Wohnung.«

»Ach was, wo denn? In diesen schwierigen Zeiten!«

Er nannte einen Ort, der ihm spontan einfiel: »Direkt am Königsplatz.«

Sie musterte ihn skeptisch. »Dort gibt es doch gar keine Wohnungen. Jetzt habe ich Sie. Also, was wollen Sie wirklich? Warum sind Sie hier?«

»Um Sie zu treffen?«

Sie sah ihn verständnislos an und schüttelte sehr langsam den Kopf.

Wolfgang war kein begnadeter Frauenheld und so wie sich das jetzt und in diesem Moment anfühlte, hatte er es offensichtlich total vergeigt. Andererseits: Er war hier, um eine Frau zu schützen und nicht, um sich mit einer anderen vertraut zu machen. Eigentlich schade.

Die Frau an seinem Tisch blickte auf ihre Uhr. »Ich muss jetzt auch wieder. Es war nett, Sie zu treffen.« Sie legte einen Geldschein auf den Tisch. »Ich heiße Barbara.«

Er schob ihr den Schein zurück. »Ich lade Sie doch ein.«

Wie das klang. Als müsse er sich rechtfertigen.

»Vielleicht das nächste Mal«, antwortete sie ausweichend und er fürchtete, dass sie nichts wie weg wollte. Weg von ihm. Vermutlich hin zu jemand anderem.

Doch was ihm eine gute halbe Stunde später widerfahren sollte, verschlug ihm dann fast den Atem.

13. Dezember

Sie wären fast an einer Straßenecke zusammengestoßen. Barbara mit ihrer übergroßen Sonnenbrille – war sie etwa schneeblind? – und er mit seinem bis weit in die Stirn hineingezogenen Hut.

»Sie verfolgen sie ja!«, stellte Barbara empört fest und blitzte ihn über ihre auf die Nase gerutschte Sonnenbrille hinweg an.

»Machen wir nicht zufällig den gleichen Job?« Wolfgang wurde rot.

Barbara holte tief Luft: »Melissa ist meine beste Freundin und ich fürchte, dass sie Unsinn macht.« Dabei fragte sie sich, warum sie das ausgerechnet dem Fremden erzählte. Das ging den doch überhaupt nichts an!

»Deswegen lauern Sie ihr auf?« Seine braunen Augen blickten streng.

»Und was wollen Sie von ihr?« Wenn Barbara in einem gut war, dann darin, auf Fragen mit Gegenfragen zu reagieren.

»Darüber kann ich jetzt nicht reden.« Es wirkte, als verschlucke er den zweiten Teil des Satzes.

Kopfschüttelnd wandte Barbara sich ab. »Lassen Sie sie in Ruhe und verfolgen Sie sie nicht. Sie hat nichts Böses getan.«

Dann rauschte sie davon.

Er dagegen behielt das Objekt seiner Observierung weiter im Blick.

Eben war Melissa in einem Herrenfachgeschäft auf der Maximilianstraße verschwunden. Vermutlich würde sie dort eine sündhaft teure Seidenkrawatte kaufen. Oder etwas anderes Exklusives. Sicher ein Weihnachtsgeschenk für Herrn von Andernach. Ob der das zu würdigen wusste, wo er doch schließlich an ganz anderen Dingen interessiert war?

Barbara kam absichtlich zu spät. Sie hatte sich vorgenommen, das Gespräch so lang wie möglich auszudehnen. »Schau mal, ich habe uns einen Prosecco mitgebracht. So können wir unsere Feiertagspläne ein bisschen entspannter angehen.«

Melissa wurde blass. »Du, ich kann nicht so lange. Außerdem muss ich noch ein paar Zwischenbeurteilungen schreiben.«

»Was meinst du, was für tolle Formulierungen dir einfallen, wenn du etwas beflügelt bist.«

»Ich brauche keine Flügel.«

Da war was dran. Sie schwebte tatsächlich durch die Wohnung, als sei sie in einem schwerelosen Raum. Alles an ihr strahlte Erwartung aus. Und zwar eine Erwartung, die nicht dem Weihnachtsfest galt.

»Feiertagspläne?«

Melissa stand auf, räusperte sich, strich ihr Kleid glatt und wandte der Freundin den Rücken zu. »Also, in diesem Jahr ist das etwas anders. Ich habe da jemanden kennengelernt.«

Barbara riss demonstrativ die Augen auf. »Wunderbar! Aber wann, wo und wie? Ein neuer Kollege?«

»Nein, über ein Datingportal.«

»Hör mal, für so was sind wir doch zu alt.« Barbara lachte ein bisschen zu laut. »Du nimmst mich auf den Arm!«

»Ich habe es einfach mal probiert. Und es hat geklappt und dann auch noch gefunkt. Es tut mir leid für dich.« Melissa ließ sich in ihren Sessel fallen. Endlich war es raus. »Und da er gleich kommt, möchte ich, dass du jetzt gehst.«

»Du willst ihn mir nicht vorstellen?«

»Wir sind noch nicht so weit.«

In genau diesem Moment klingelte es an der Tür.

Barbara lehnte sich in ihrem Sessel zurück und nippte an dem Sektglas. »Komm, du bist meine beste Freundin. Da wird schon nichts passieren. Stell ihn mir vor.«

Melissa schüttelte den Kopf. »Niemals!«

14. Dezember

Es klingelte erneut. Fordernder.

»Ist er das?« Barbara lehnte sich demonstrativ zurück. Sie schämte sich. So ging man nicht mit seiner besten Freundin um. Andererseits: Melissa war ihr gegenüber ja auch nicht fair gewesen.

»Es ist zu früh, glaub mir«, murmelte Melissa hilflos und wirkte nun gar nicht mehr so wie eine, die täglich Horden von Grundschülern dressierte. Eher wie ein sechsjähriges Kind, das etwas angestellt hat. Mit hängenden Schultern ging sie zur Wohnungstür und öffnete.

Es war exakt der Mann, den Barbara in der letzten Nacht bei den Briefkästen getroffen hatte.

Er erkannte sie und als müsse er sich erst einmal sammeln, hielt er sich eine große Topfblume vor das Gesicht.

»Christrosen«, jauchzte Melissa. »Wie schön!«

»Sie passen zu dir«, erklärte er und blickte an ihr vorbei ins Wohnzimmer.

»Das ist meine älteste Freundin Barbara. Aber sie wollte gerade gehen.«

Er gab sich charmant. »Wie schön, Sie kennenzulernen! Melissa hat mir noch nie von Ihnen erzählt.«

»Wann denn auch, wir kennen uns ja noch nicht so lange!«, rechtfertigte Melissa sich.

Sie trug heute ein blassgelbes und sehr teuer wirkendes Kleid. Vermutlich eine Mischung aus Kaschmir und Seide.

Der Fremde trat hinter sie und strich ihr über Schultern und Oberarme. »Was für eine sinnliche Farbe. Wie der Wüstensand. Sie steht dir besonders gut.«

»Genau, Wüstensand, das ist unser Stichwort.« Melissa wandte sich mit klarer Stimme an ihre Freundin: »Wir wollen über Weihnachten nach Marokko fliegen.«

»Super, da komme ich mit!« Barbara zog ihr falsches Spiel durch.

»Eine großartige Idee!« Der Mann strahlte sie mit seinen olivfarbenen Augen an. »Verzeihung, ich habe mich ja noch gar nicht vorgestellt«, und während er ihr die Hand reichte, verkündete er: »Ich bin Alexander von Andernach.«

Melissa trat von einem Fuß auf den anderen. »Barbara, du brauchst doch ein Weihnachten mit Schnee. Und überhaupt: Eigentlich wollten wir alleine verreisen.« Besitzergreifend hakte sie sich bei ihrem Herrn von und zu ein.

Der wiederum fixierte Barbara mit einem langen Blick und behauptete dreist: »Ich fände es schön. Wir können doch noch mal darüber reden. Oder hast du schon gebucht?«

»Ich wäre lieber mit dir alleine dort.« Melissa klang wie ein kleines Mädchen.

»Keinesfalls will ich eurem Glück im Wege stehen.« Barbara stand auf und fügte wie nebenbei hinzu: »Dann weiß ich wenigstens Bescheid. Eine fast vierzig Jahre alte Tradition wird in diesem Jahr gebrochen. Schade!«

»Oh, das wollte ich nicht! Rituale muss man einhalten!« Melissas Freund folgte der Besucherin in den Flur und half ihr dort in den Mantel. »Um elf Uhr heute Nacht bei den Briefkästen?«, flüsterte er.

Sie sah ihn fassungslos an.

15. Dezember

Natürlich würde sie nicht zum Briefkasten gehen! Was bildete der sich eigentlich ein?! Sie war doch keine Puppe, die nach seiner Pfeife tanzte und sich nachts um elf in dunklen Hausfluren herumtrieb.

Andererseits ... Schon um Melissa einen vermutlich unvermeidlichen Kummer zu ersparen, wäre es nicht schlecht, wenn sie diesen Herrn ein wenig genauer unter die Lupe nähme.

Sie setzte sich an ihr Wohnzimmerfenster, blickte auf das gegenüberliegende Haus und in die festlich strahlenden Zimmer von Melissas Wohnung und spürte, dass die Wirkung des viel zu schnell getrunkenen Prosecco langsam nachließ. Eigentlich schade.

Gegenüber blitzte es. Er machte vermutlich Fotos von ihr. Hoffentlich nur Porträts und bloß keine Aufnahmen, auf denen Melissa in ihren gewagten Dessous posierte. Wusste Melissa etwa nicht, wie erpressbar sie damit sein würde? Eines dieser Bilder frei zugänglich im Internet und Melissa könnte die Stadt verlassen.

Barbara sah nur das Blitzlichtgewitter durch die zugezogenen Vorhänge. Von dem Modell oder dem Fotografen entdeckte sie nicht die Spur eines Schattens.

Schon allein um zu klären, was er da aufgenommen hatte, wäre es nicht schlecht, wenn sie dem Herrn doch noch mal über den Weg liefe.

Wolfgang Fischer beglückwünschte sich insgeheim zu dieser glücklichen Fügung. Zufällig wohnten beide Frauen im selben Stadtviertel und sogar unter derselben Adresse. So konnte er die eine beobachten und dabei die andere im Auge behalten.

Beide Frauen waren im Abstand von etwa einer halben Stunde durch den gleichen Eingang in das Haus an der Franz-Joseph-Straße gegangen. Melissa Mönninghoff ins Vorderhaus, Barbara ins Hinterhaus.

Diese Barbara gefiel ihm. Er hätte sie nach ihrer Telefonnummer fragen sollen. Flirttechnisch gesehen, das stellte Wolfgang Fischer erneut für sich fest, war er genau das Gegenteil von einem gewissen Herrn von Andernach.

Jetzt stand er in dem kleinen Innenhof unter dem Dach des Mülltonnenhäuschens und beobachtete, wo nun ein Licht eingeschaltet wurde. Barbara wohnte demnach im vierten Stock.

Er studierte die Klingel. Wahrscheinlich hieß sie Freiberg. B. Freiberg. Aber was nutzte ihm das? Er würde ja doch nicht bei ihr anrufen.

Gegen 19:00 Uhr hatte er gesehen, wie Barbara mit einer Flasche in der Hand ins Vorderhaus trat und bei Melissa Mönninghoff klingelte. Klar, die zwei waren ja beste Freundinnen. Schon allein das war ein Grund, um mit Barbara in Kontakt zu bleiben.

Dann aber hatte sich jemand dem Mülltonnenhäuschen genähert und seinen Abfall in einen der großen Container geleert. Wolfgang duckte sich und hielt sich die Nase zu. In dem Containerhäuschen stank es bestialisch.

Als sein Handy den Eingang einer WhatsApp meldete, ging er in die Hocke, um nach dem Absender zu schauen. Silvia.

Und nur deshalb entging ihm, was sich genau in diesem Moment im Eingang des Vorderhauses abspielte: Dort nämlich betrat ein hochgewachsener Herr mit einer Topfblume im Arm das Treppenhaus und stieg Stufe um Stufe bis in den dritten Stock. Dann läutete er an der Tür von Melissa Mönninghoff.

16. Dezember

Wolfgang Fischer fror entsetzlich. Inzwischen hockte er nicht mehr im Hinterhof zwischen zwei Müllcontainern, sondern drückte sich auf der gegenüberliegenden Straßenseite in einen Hauseingang. Direkt über ihm war das Schild eines Zahnarztes angebracht. Neben dem Zahnarzt befand sich ein griechisches Restaurant, aber das hatte heute Ruhetag.

»Lass die Finger davon«, hatte Silvia in ihrer WhatsApp geschrieben. Vielleicht sollte er sich tatsächlich nicht mehr um den ominösen Herrn kümmern, sondern stattdessen um eine Frau namens Barbara. Immerhin war die bereitwillig mit ihm zum Kaffeetrinken gegangen.

Erneut las er Silvias Nachricht.

»Typ ist echt«, hatte sie geschrieben. »Sonst würde er sich nicht mit ihr treffen. Love-Scammer gehen fast immer virtuell vor. Lass die zwei doch glücklich werden!«

Was für ein Ratschlag! Mit klammen Fingern schrieb er zurück: »Hat deine Freundin diesen Ignatz damals getroffen? Auge in Auge?«

»Nein, kein Bock!« Was immer das bedeuten mochte.

Wolfgang Fischer war sich dennoch sicher, dass Ignatz, Alexander, Engelhard und Ugo und welche Namen noch auftauchen mochten, immer ein- und dieselbe Person waren. Keiner von denen war in einem Adelsregister zu finden.

Sein Magen knurrte. Vielleicht sollte er was essen. Das Stück Kuchen mit Barbara war eindeutig zu wenig gewesen.

›Wenigstens das mit der Kamera muss ich klären‹, schwor Barbara sich, als sie zur Tür ging. Sie hatte sich nach dem Besuch bei Melissa nicht wie sonst in Leggins und einen dicken Pullover geworfen, sondern war in einen schmalen schwarzen Rock und ein tomatenfarbenes Oberteil geschlüpft. Frau fühlte sich nun mal eleganter, wenn sie elegant gekleidet war. Und das nachts um elf! Dabei ging sie doch nur zu den Briefkästen.

Und um genau zwei Minuten vor elf hörte sie, wie er die Treppe heruntereilte. Lässig stand sie neben der Tonne für Altpapier und stopfte Zeitungen hinein. Dass er bloß nicht auf die Idee kam, sie stünde seinetwegen hier.

»Wie schön, wie wunderschön, dass wir uns erneut sehen.« Er beugte sich vor und deutete einen Handkuss an. ›Nee‹, dachte Barbara, ›so kriegt er mich nicht!‹

Er suchte ihren Blick. »Melissa hat mir heute sehr viel von Ihnen erzählt. Sie hält sehr viel von Ihnen.«

Barbara fragte sich, ob Melissa diesem Schönling auch ihren Beruf verraten hatte. Bestimmt nicht.

Jetzt sah er sie mit seinen olivgrünen Augen an, strich sich das graumelierte Haar aus den Schläfen und meinte: »Sollen wir zwei mal miteinander ausgehen? Nur Sie und ich?«

»Nein, keinesfalls.« Barbara schüttelte den Kopf und stellte fest: »Sie haben fotografiert?«

Er nickte. »Ja, man sollte alle glücklichen Momente mit der Kamera festhalten. Das ist meine Devise.« Das Lächeln, das er ihr schenkte, schien echt zu sein.

»Darf ich die Fotos mal sehen?«

»Sie sind auf Melissas Kamera oben in ihrer Wohnung. Oh, jetzt muss ich aber los. Sonst verpasse ich noch die U-Bahn.«

Sie sah im nach. Jetzt bei Melissa anzurufen und nach den Fotos zu fragen ging gar nicht. Und überhaupt: Was würde die denken, wenn sie die aufgebrezelte Barbara sähe.

Wolfgang Fischer sah auf seine Uhr. Jetzt war es zehn nach elf. Genau in diesem Moment öffnete sich die Haustüre und der Lügenbaron trat auf die Straße. Na bitte. Aber wann und wie war der ins Haus geschlüpft?

17. Dezember

So einer wie der müsste doch mindestens einen Rolls-Royce vor der Tür stehen haben. Aber da war kein Auto. Und so konnte Wolfgang seinem Verdächtigen mühelos hinterherschleichen, mit ihm in den U-Bahn-Schacht am Josephsplatz eintauchen und ebenso wie er in die U2 einsteigen.

Herr von Andernach schien sich um diese Zeit und fast allein in der U-Bahn völlig unbeobachtet zu fühlen. Zufrieden lächelte er in sich hinein.

Wolfgang musterte seinen Verdächtigen ganz genau.

Alexander von Andernach wirkte, als sei er einem Herrenmodemagazin entsprungen, und es war ihm anzusehen, dass er um seine Attraktivität wusste. Selbstverliebt spiegelte er sich in den Wagenscheiben.

›Ich werde dir dein Handwerk legen‹, dachte Wolfgang und schlug seinen Mantelkragen hoch. Das war das Gute am Winter. Er erlaubte es einem, sich hinter Schals und Mützen zu verstecken.

Der »Baron« fuhr fast bis zum Ende der U-Bahn-Linie und stieg an der Station Quiddestraße aus. Dann ging es zu Fuß weiter und Wolfgang folgte ihm unauffällig. Ihre Spuren im Schnee wurden von frisch fallenden Flocken gleich wieder verdeckt.

Wenn er wüsste, dass er nun einem aalglatten Love-Scammer seine Liebes- und Betrugslust nehmen würde, könnte er sich als Belohnung eine Taxifahrt gönnen. Aber was hatte Silvia geschrieben? Love-Scammer sind immer virtuell. Dabei stapfte der gerade sehr lebendig über eine eisige, windgepeitschte Straße zwischen hohen Häuserblöcken.

Der »Baron« schritt zügig voran. Wolfgang suchte immer wieder Deckung. Nach etwa zehn Minuten

hatte der Lügenbaron sein Ziel erreicht. Und das war kein hochherrschaftliches Schloss, sondern eine möblierte Unterkunft für Saisonarbeiter.

Entweder hatte Silvia recht oder der Kerl war noch nicht an die Kröten auf den Cayman-Inseln herangekommen. Der Kommissar tippte auf Letzteres und notierte sich Straße und Hausnummer des Gebäudes, in dem sein Verdächtiger verschwunden war.

Zum Glück ging noch eine U-Bahn zurück. Aber es war trotz allem viel zu spät, um noch irgendwo etwas zu essen zu bekommen.

An einem Bratwurststand an der Tegernseer Landstraße, fast vor seinem Hotel, erwischte er gerade noch eine Brühpolnische. Die schmeckte genauso, wie er sich ein abgebrühtes Luder vorstellte. Ranzig und überwürzt.

In seinem Hotelzimmer hatte er mit Übelkeit zu kämpfen. Hoffentlich war wenigstens jetzt ein Schnaps in der Minibar. Der Wirt hatte ihm beim Frühstück versprochen, dafür zu sorgen. Und tatsächlich, er hatte Wort gehalten. Sogar Bier und Weißwein hatte er aufgefüllt und auf den Schreibtisch eine Flasche Rotwein gestellt.

Wolfgang fror. Er setzte sich direkt neben den Heizkörper und öffnete die nächste WhatsApp seiner Kollegin.

»Hier habe ich die vier Barone«, schrieb sie, »und sogar von jedem ein einigermaßen klares Bild. Einfach waren die übrigens nicht zu bekommen. Und jetzt schau mal, da besteht überhaupt keine Ähnlichkeit zwischen den Männern.«

Wolfgang riss eine Dose mit gesalzenen Erdnüssen auf, schob sich eine Handvoll in den Mund, betrachtete ein Foto nach dem anderen und schob dann die Galerie der Vorzeigemänner auf seinen Laptop, um sie dort zu vergrößern.

Und dann entdeckte er es!

18. Dezember

Alexander von Andernach hatte, das war Wolfgang in der U-Bahn aufgefallen, unterhalb des linken Jochbeins ein Muttermal. Danach suchte er jetzt auf den Fotos – und siehe da: Er glaubte es bei allen fünf Männern zu erkennen. Mal geschickt überschminkt, mal von Haaren verdeckt, dann wieder unter einem gepflegten Bartwuchs verborgen.

Wolfgang war auf dem richtigen Weg, sein Herz klopfte. Erneut schob er sich eine Ladung Erdnüsse in den Mund. Bald hatte er ihn!

Hauptkommissarin Barbara Freiberg stand etwa zur gleichen Zeit vor ihrem Badezimmerspiegel und steckte sich das Haar hoch. Wirkte sie damit eleganter, verführerischer? Sie staunte über solche Gedanken. Melissas Verehrer waren für sie tabu. So hatten sie es bisher immer gehalten. Die eine spannte der anderen nicht den Freund aus. Nicht einmal in Gedanken. Aber der da ... wie er sie vorhin angesehen hatte! Als sei sie etwas ganz Besonderes. Und so fühlte sie sich nun auch.

Sollte sie sich mit ihm treffen, während Melissa Schuldienst hatte? Nur zwei Tage kamen dafür noch in Betracht. Dann begannen die Weihnachtsferien.

Auf jeden Fall könnte sie sich mal neu einkleiden. Und überhaupt: Mit hochgestecktem Haar wirkte sie definitiv vornehmer. Ganz anders als eine burschikose Kriminalhauptkommissarin in Jeans, Sweatshirt und mit Schnürschuhen. Sie dachte an Alexanders Blicke und bekam eine Gänsehaut.

Den nächsten Tag verbrachte Barbara erst bei einer Kosmetikerin und später in einem Modegeschäft, in dem man sie nicht als Kundin sah, sondern wie eine Königin behandelte. Das tat ihrer Seele wohl.

Melissa empfing sie am späten Nachmittag mit der Ansage: »Aber bitte nur kurz«, und zog die Stirn in Falten. »Wie siehst du denn aus? Hast du noch was vor?«

»Ich habe mich neu eingekleidet. Wie findest du das?«

»Ungewohnt.« Melissa blieb einsilbig. »Fast fremd.«

Barbara jubelte insgeheim. So würde der Mann mit den olivfarbenen Augen sie vielleicht auch aus einem neuen Blickwinkel betrachten. Sie räusperte sich: »Es tut mir leid, dass ich euch gestern so auf die Pelle gerückt bin.«

Melissa fixierte sie mit strengem Blick. »Und heute hast du es offensichtlich wieder vor? Alexander kommt gegen sieben. Und dann wäre ich gern mit ihm allein. Ich hatte einen anstrengenden Tag und muss einiges mit ihm besprechen.«

»Kein Problem. Ich bin verabredet.« Unvermittelt fragte sie: »Ihr habt euch gestern gegenseitig fotografiert?«

»Ja und?«

»Zeig mir doch mal die Bilder. Darf ich?« Barbara griff nach Melissas Kamera, die auf dem Tisch lag.«

»Nein, später vielleicht. Ich muss mich auch noch umziehen. Wir wollen heute gemeinsam kochen.«

»Der kann kochen?«

»Er kann alles!« Melissa strahlte. »Da habe ich noch mal Glück auf meine alten Tage.«

»Ich bitte dich, wir sind doch beide im besten Alter.« Barbara lächelte ihre Freundin an und griff heimlich hinter sich nach der Kamera. »Ich muss mal kurz in dein Bad.«

»Mach das, aber dann brauche ich wirklich etwas Zeit für mich.«

»Okay, okay, kein Problem.« Es war halb sieben. Barbara drückte die Toilettenspülung und auf den Wiedergabeknopf der Digitalkamera. Es kam kein Bild. Stattdessen die Meldung: »Kein Speicherchip vorhanden.«

Sie wusste sofort, was das zu bedeuten hatte.

19. Dezember

Schon allein das war ein Grund, ihn zur Rede zu stellen. Wenn er die Speicherkarte entfernt hatte, so waren die Bilder definitiv kompromittierend. So ging man nicht mit denen um, die einem am Herzen lagen.

Unbemerkt legte Barbara die Kamera auf Melissas Beistelltischchen zurück. »Dann lasse ich euch mal allein. Kocht euch was Schönes!«

»Sobald wir uns besser kennen, isst du natürlich mit uns«, versprach Melissa halbherzig.

»Ja, ja«, Barbara nickte und dachte an die Unsummen, die sie heute mit ihrer Kreditkarte ausgegeben hatte. Und hatte sie in der Theatinerstraße nicht gemeint, die Frau vor ihr sei Melissa? Nein, das musste eine andere Frau gewesen sein. Warum sollte Melissa zu einem Notar gehen? Egal! Die neuen Kleidungsstücke fühlten sich an, als habe sie sich mit ihnen zugleich eine neue Haut übergezogen. Und um das Gefühl zu genießen, ging sie so hochelegant ausstaffiert einmal um den Häuserblock.

Als sie zurückkam, stieg gerade jemand vor ihrer Haustür aus dem Taxi und ließ sich von dem Chauffeur mit Topfblumen beladen: Alexander von Andernach und sechs Christrosen.

»Oh la la, es ist doch noch gar nicht Weihnachten!« Sie lachte ihn an und er hob wie ein kleiner und auf frischer Tat ertappter Junge beide Schultern.

»Sie hat doch gesagt, dass das ihre Lieblingsblumen sind.«

›Aus reiner Höflichkeit hat sie das gesagt‹, dachte Barbara. Egal, was dieser Mann ihrer Freundin geschenkt hätte: Selbst für einen Brennnesselstrauß hätte Melissa sich so bedankt, als seien es kostbare Orchideen.

»Elf Uhr an den Briefkästen?« Er zwinkerte ihr zu.

»Ich bin verabredet«, log sie.

Ungerührt lächelte Alexander von Andernach sie durch einen Dreitagesbart hindurch an. Gestern war er noch glattrasiert. »Kommen Sie jetzt mit?«

Barbara verneinte. »Ich habe keine Zeit.«

»Schade, wirklich schade.« Über sein Lächeln legte sich ein Trauerflor. »Könnte man auch Sie mit Christrosen erfreuen?«

»Eher nicht. Ich bin mehr für geschmückte Weihnachtsbäume. Aber darauf will Melissa ja in diesem Jahr verzichten.«

Sie erwartete, dass er sich entschuldigte oder wenigstens ihren Vorwurf registrierte. Aber da kam nichts. Stattdessen murmelte er herzlos: »Dinge ändern sich.«

Also wirklich! Was für ein ungehobelter Klotz!

»Dinge ändern sich«, wiederholt sie seine Worte, als sie ihre eigene Wohnung betrat. Und zwar immer dann, wenn ein Herzensbrecher wie der da um die Ecke kommt. Hätte auch sie für diesen Mann das Freundinnenritual des Heiligen Abends, der gemeinsamen Stillen Nacht mit Rotwein, Gänsebrust und Kartoffelgratin, aufgegeben? Sie war sich nicht ganz sicher und das brachte sie nun doch etwas ins Schleudern.

In all den Jahren hatte Melissa während des ganzen Dezembers Plätzchen gebacken. Auch dieses Ritual fiel nun der neuen Liebe zum Opfer. »Dinge ändern sich!«

Sollten die sich doch selbst ihr Süppchen kochen.

Kurz darauf zählte sie von ihrem Küchenfenster aus insgesamt sieben weiße Christrosen auf Melissas Schlafzimmerfensterbank und sah zugleich das verliebte Paar vor Melissas Laptop stehen. Der Herr von und zu schüttelte dauernd den Kopf. War er mit den Ergebnissen seiner Fotosession nicht einverstanden?

20. Dezember

Wolfgang war mit Einbruch der Dämmerung in der Franz-Joseph-Straße angekommen und heute hatte das kleine griechische Restaurant geöffnet. Von hier war die Beobachtung des gegenüberliegenden Hauses um einiges gemütlicher als aus dem Eingangsbereich des Zahnarztes. Er gönnte sich einen Olympiateller. Während er aß, sah er Barbara aus der Haustür treten. Sie trug etwas Rotes und etwas Schwarzes und dazu einen hellgrauen Webpelzmantel. Was für eine gutaussehende Frau! Zu schade, dass sie ihm jetzt nicht gegenübersaß. Den Kummer konnte er nur mit einem Ouzo bewältigen.

Er holte sein Handy hervor und schickte Silvia eine WhatsApp. »Brauche Beruf und Telefonnummer von Barbara Freiberg. Nachbarin von Melissa.«

Er musste Barbara anrufen, er musste sie einweihen!

Da war sie ja schon wieder. Sie hielt einem mit Unmengen von Topfpflanzen beladenen Mann die Eingangstür auf. Gemeinsam verschwanden sie im Haus. War das nicht Alexander von Andernach? Ein Grund mehr, die Sache zu beobachten.

Wolfgang lehnte sich zurück. Er hatte den Olympiateller leer gegessen und nun das Gefühl, als drücke ein ganzes Olympiastadion auf seinen Magen. In diesem Moment vibrierte sein Handy. Silvia: »Achtung: hochinteressante News!«

›Hoffentlich gute!‹ Er seufzte. Nachdem er gesehen hatte, wie diese Barbara mit dem Topfblumenmann hinter der Haustür verschwunden war, brauchte er Trost.

Silvias Botschaft begann mit einem Smiley: »Die Dame ist eine Kollegin! Hauptkommissarin Barbara Freiberg. Wäre das nicht ein Ansatz zum Anbaggern?«

Er schüttelte den Kopf über diese Botschaft und nickte zustimmend, als der Kellner ihm einen weiteren Ouzo servierte.

An ihm war also vorhin eine elegante Hauptkommissarin vorbeigerauscht. Wie sollte er da je eine Chance haben?

Im dritten Stock der Vorderhauswohnung wurde das Rollo des Schlafzimmerfensters heruntergelassen und in der dortigen Küche – das beobachtete Barbara durch ihr Opernglas – wurde geschält, gehackt, geschnitten, gedünstet, gesotten – und gestritten. So zumindest wirkte es.

Barbaras Telefon klingelte.

Eine Männerstimme: »Spreche ich mit Hauptkommissarin Barbara Freiberg?«

»Ich bin nicht im Dienst.« Sie klang streng.

»Entschuldigung, ich stelle mich erst einmal vor. Mein Name ist Wolfgang Fischer. Wir haben uns gestern an der Schule Ihrer Freundin getroffen und dann einen Kaffee getrunken. Ich bin Kriminalhauptkommissar. Wir hätten über unsere Jobs reden können.«

»Ach so, Sie sind's.« Barbara klang ein wenig freundlicher.

Das war seine Chance. »Können wir uns noch mal treffen? Ich hab' was für Ihre Freundin.«

»Ich habe Urlaub«, stellte sie klar.

»Da geht es Ihnen wie mir. Auch ich habe Freizeit, observiere aber Herrn von Andernach. Wollen Sie wissen, warum?«

Barbara schwieg.

»Darf ich Sie auf ein Glas Wein einladen? Ich bin in dem griechischen Restaurant auf der gegenüberliegenden Straßenseite. Von dort aus können wir dann gemeinsam zuschauen, wie der Herr von und zu das Haus ihrer Freundin verlässt. Er wird nicht über Nacht bleiben, weil er nie über Nacht bleibt. Wollen Sie wissen warum?«

21. Dezember

Der konnte ihr ja viel erzählen. Bevor sie ihre Wohnung verließ, fragte sie in Mannheim nach.

Wolfgang Fischer war tatsächlich ein Kollege von ihr. Als sie seinen Werdegang und seine Zusatzqualifikationen studierte, wurde ihr klar, dass sie beide im Laufe der letzten zwanzig Jahre mehrmals an den gleichen Workshops teilgenommen hatten.

Sie betrachtete sich im Spiegel. Sicher hatte er sie nicht wahrgenommen, weil sie so ein Allerweltsgesicht hatte. Aber er war ihr auch nicht aufgefallen. ›So ist es nun mal, wenn sich zwei Mittelmäßigkeiten begegnen‹, dachte sie beim Verlassen ihres Hauses. ›Man sieht übereinander hinweg.‹

Über Alexander von Andernach konnte man nicht hinwegsehen. Über Melissa dagegen schon. Und auch über sie.

Wolfgang Fischer stand auf und bot ihr seinen Platz an. »Hier haben Sie den besseren Blick. Und wenn Sie mir ein Zeichen geben, verdrehe ich meinen Hals, um unseren Lügenbaron ebenfalls zu beobachten.«

»Wie nennen Sie ihn?« Barbara hob die Augenbrauen.

Anstatt ihre Frage zu beantworten, sagte Wolfgang: »Wir nennen ihn so, weil es genau das ist, was er macht. Ich habe ihn schon seit Jahren auf dem Schirm. Schauen Sie mal.« Er schob sein Tablet über den Tisch und zeigte ihr vier Männerporträts: »Das ist Ugo von Unterbodnitz, hier haben wir Otfried von Oberlungwitz. Darf ich vorstellen, das ist Engelhard von Eichwalde und dann gibt es noch einen gewissen Ignatz von Ihlienworth. Und natürlich Alexander von Andernach. Fällt Ihnen etwas auf?«

Barbara nippte an ihrem Retsina. »Fünf Herren im besten Alter.«

Er widersprach. »Das sind nicht fünf Herren. Es ist immer ein- und derselbe.«

Barbara schüttelte den Kopf. »Das kann nicht sein!«

»Doch. Der Mann, der sich hinter all diesen vornehmen Namen versteckt, hat eine ganz profane Friseurlehre gemacht und sich dann zum Maskenbildner ausbilden lassen. Seitdem benutzt er seine Kenntnisse, um sich immer wieder ein neues Gesicht zu verpassen. Vermutlich steht er mindestens zwei Stunden täglich vor dem Spiegel und verwandelt sich in die Figur, die er gerade spielt. Und dabei geht es nur um sein Gesicht. Die Kleidung muss er nicht wechseln. Die Statur bleibt die gleiche. Meine Kollegin hat diese Bilder übrigens auch an Melissa geschickt.« Und als er Barbaras fragenden Blick bemerkte, ergänzte er lächelnd: »Auch in Mannheim sind wir ganz findig im Aufspüren von E-Mailadressen.«

Barbara stutzte. Hatten die zwei sich etwa wegen dieser Bilder gestritten?

»Hast du auch ein Foto mit seinem wahren Gesicht?« Barbara war unvermittelt ins Du gerutscht und er griff diesen Wink dankbar auf.

»Nein, aber schau mal«, und jetzt wies er lächelnd auf das kleine Muttermal am Jochbein. Darüber wellte sich bei Herrn Ugo ein kleines Löckchen, während Ignatz an genau der Stelle ein großes dunkelrotes Muttermal trug. Bei Otfried war lediglich eine leichte Erhöhung zu erkennen, wahrnehmbar nur für jene, die danach suchten.

»Du verfolgst ihn aber nicht, weil er sich schminkt? Oder?« Barbara versuchte einen Scherz.

»Nein, ich werfe ihm auch den Mord an Christina Heinevetter vor. Die hat ihm ihr gesamtes Vermögen überschrieben, bevor er sie ertrinken ließ.«

Entsetzt sog Barbara die Luft ein.

22. Dezember

Ich möchte nicht, dass deiner Freundin das Gleiche passiert!«

»Ich auch nicht.« Barbara schluckte. »Erzähl mir alles.«

Etwa eine Stunde später berührte sie seinen Arm. »Schau mal, da geht er wieder.«

»Genau. Und ich weiß mittlerweile, wo er wohnt, genauer gesagt, wo er sich schminkt.«

»Soll ich mit Melissa reden?«

»Sorg vor allem dafür, dass sie ihm nichts überschreibt oder schenkt. Das ist seine Masche.«

»Dann war es doch sie, die heute zum Notar ging.«

»Was? Oh je!«

In diesem Moment klingelte Barbaras Handy. Laut und fordernd.

Melissas Stimme klang gequält. »Du musst kommen. Bitte.«

Melissa stöhnte und würgte abwechselnd. »Die müssen mir den falschen Fisch angedreht haben. Mir ist kotzübel.«

»Was war es denn?«

»Eine Seezunge.« Sie schien sich zu erbrechen.

»Ich komme sofort.« Barbara suchte Wolfgangs Blick. »Da stimmt was nicht. Ich glaube, wir brauchen den Notarzt!«

»Ich kümmere mich darum!« Wolfgang wählte schon die Nummer vom Rettungsdienst. »Möglicherweise hat er deine Freundin vergiftet.«

Sie sah ihm an, dass er es ernst meinte.

»Ein bisschen Stress und schon dreht unser Herr von und zu durch. Wir bleiben in Verbindung?« Wolfgang suchte ihren Blick.

Barbara nickte und rannte los.

Melissa hockte gleich hinter ihrer Wohnungstür. Sie klang vorwurfsvoll: »Bei dir ist alles dunkel, wo warst du? Ich hab' ihm bloß die Fotos gezeigt, die jemand mir geschickt hat. Und er hat sich wahnsinnig aufgeregt und mir gesagt: Du bist eine Falle. Eine Falle ... Jetzt ist alles aus!«

Sie sank zurück und starrte apathisch zur Decke.

Behutsam bettete Barbara ihre Freundin in eine stabile Seitenlage und legte eine Wolldecke über sie.

Konnte es einem nach dem Essen eines Fisches dermaßen schlecht gehen? Der müsste doch schon vorher eigenartig gerochen haben und wäre dann gar nicht erst in der Pfanne gelandet.

Sollte Wolfgang recht haben?

Sie ging prüfend durch die Wohnung. Im Mülleimer lagen Fischgräten. Dazu hatte es einen Salat mit exotischen Gemüsestiften gegeben, die nach Ingwer und Kurkuma aussahen. Reste davon lagen noch auf einem Teller.

In der Kamera steckte wieder ein Chip. Die Fotowiedergabe zeigte einen gedeckten Tisch, brennende Kerzen und eine strahlende Melissa. Sie hatte auch ihn fotografiert, und zum ersten Mal dachte Barbara, dass das Lächeln dieses Mannes nicht von Herzen kam. Er lächelte lediglich mit dem Mund, nicht mit den Augen.

Endlich kam der Notarzt.

»Das sieht nicht gut aus.«

23. Dezember

Auch wenn sämtliche Alarmglocken nun noch lauter schrillten: Barbara hatte Schwierigkeiten, diesem Herrn von Andernach etwas Böses zu unterstellen. Dass seine Augen auf einem der Fotos nicht lächelten, hatte nichts zu bedeuten. Vermutlich hatte er einen Augenblick lang nicht an Melissa gedacht.

Zu gerne hätte sie seine Telefonnummer gehabt, um ihn über Melissas Zusammenbruch zu informieren und seine Reaktion zu erfahren. Aber Melissa hatte sie nirgends notiert – nicht einmal in ihrem Handy. Was für eine Geheimniskrämerin!

Und dann klingelte ihr eigenes Telefon.

Es war das Klinikum.

»Wie geht es ihr?«

»Relativ stabil. Hat sie Verwandte, Kinder, Geschwister?«

»Nein«, Barbara schluckte und ihr wurde bewusst, dass sie wirklich ganz allein auf der Welt waren. Sie hatten nur sich. Zwei Freundinnen von Anbeginn an. »Hören Sie: Ich bin Hauptkommissarin Barbara Freiberg und gemeinsam mit meinem Mannheimer Kollegen Wolfgang Fischer observiere ich den Mann, der heute Abend bei Frau Mönninghoff war. Ich werde auf jeden Fall die Lebensmittel, die noch auf dem Tisch stehen, überprüfen lassen. Vielleicht ist sie vergiftet worden.«

»Tun Sie das.« Ihre Gesprächspartnerin wirkte nun etwas zugänglicher. »Das Ganze sieht für mich nach einem Herzgift aus.«

»Kommt sie durch?«

»Ja, Puls und Blutdruck sind zwar sehr schwach, aber noch da. Wir machen gerade ein EKG. Wir haben ihr auch den Magen ausgepumpt, sie ist aber noch nicht wieder bei Bewusstsein.«

Obwohl es schon fast Mitternacht war, rief Barbara Wolfgang an. Er meldete sich sofort. »Und?«

»Man vermutet, dass ihr Herzglykosid verabreicht wurde.«

»Oh Scheiße«, er entschuldigte sich nicht einmal für seinen Fluch. »Kannst du herausfinden, ob sie in jüngster Zeit ihr Testament zu seinen Gunsten geändert oder ihm ein sehr hohes Darlehen gegeben hat? Sie war doch beim Notar.«

»Ich will nicht in ihren Unterlagen wühlen, aber sobald sie wieder ansprechbar ist, frage ich sie danach.«

»Er geht nie zweimal nach derselben Methode vor.« Wolfgang schien den Kopf zu schütteln. »Nun also Gift. Davor war es Ertrinken, davor ein Autounfall. Wer weiß, was sonst noch gewesen sein mag.«

»Wie willst du ihm das nachweisen?«

»Ich habe in seiner Unterkunft Videokameras installiert. Als vermeintlicher Vertreter einer Airbnb-Agentur hab' ich dem Hausmeister dieser gräflichen Absteige in Neuperlach gesagt, ich müsse den Zustand der Wohnung überprüfen. Erst wollte er nicht, aber dann ...«

Barbara unterbrach ihn. »Und wo siehst du den Film?«

»Auf meinem Tablet. Ich nehme gerade alles auf. Wir können uns dann auch gemeinsam damit befassen. Vielleicht morgen?«

»Ja, da müssen wir wohl durch.«

Wenn sie gewusst hätte, was sie dann zu sehen bekäme, hätte sie es sich vermutlich anders überlegt.

24. Dezember

Vor genau fünf Tagen hatten die Münchner Kollegen den Herrn von und zu zu sich bestellt und wegen Fluchtgefahr auch gleich bei sich behalten.

Melissa war noch sehr schwach und sollte weiterhin in der Klinik bleiben. Sie erkundigte sich mit keinem Satz nach Alexander und Barbara fragte sich, ob sie ihn vergessen hatte? Das wäre ein Glück!

Gemeinsam mit Wolfgang hatte sie am Tag nach Melissas Zusammenbruch den Film gesehen, auf dem deutlich zu erkennen war, wie Herr von Andernach sein Gesicht verlor. Erst entfernte er die Augenbrauen, dann die falschen Wimpern und die markante Nase schrumpfte, nachdem er etwas Gummiartiges von ihr abgezogen hatte. Die hohen Wangenknochen, die seinem Aussehen etwas Distinguiertes verliehen, wurden flach, als er sich zwei fleischfarbene Polster aus dem Mund zog.

Die Perücke mit dem vollen Haar lag neben dem Waschbecken und aus beiden Augen wurden olivgrüne Kontaktlinsen entfernt.

Das einzige, was noch blieb, war die Statur – und aus dem Spiegel blickte nun jemand zurück, dem es an jeglicher Einzigartigkeit und Besonderheit fehlte.

Barbara hatte entsetzt gestöhnt: »Wieso hat Melissa das nicht gemerkt?« Aber sie selbst war ja auch auf Alexander hereingefallen.

»Er ist ein Künstler auf seinem Gebiet«, wusste Wolfgang. »Und jetzt schau mal.«

Eine zweite Kamera war in dem Wohn-Schlafraum des Mieters installiert. Sie sahen auf dem Display des Computers, wie Alexander seinen Laptop aufklappte und einen winzigen Chip hineinschob, und hörten ihn mit sich selbst sprechen: »Zur Not

kann ich sie ja immer noch erpressen. Gut, dass ich mich doppelt absichere.«

Auf dem Display öffneten sich nun Bilder und zeigten eine in die Kamera lächelnde Melissa, bekleidet einzig und allein mit Stöckelschuhen und lilafarbenen Dessous.

Stellvertretend für ihre Freundin wurde Barbara rot.

»Den Laptop habe ich schon konfisziert und den Chip da werde ich nach kriminaltechnischer Auswertung vernichten«, beruhigte Wolfgang sie.

Einen Tag später hatte sie in der verwaisten Wohnung gestanden und sich noch einmal umgesehen. Ach ja, die Topfpflanzen. Aber wieso nur noch fünf Christrosen? Waren es nicht mal sieben gewesen? Und waren die nicht hochgiftig? Hatte Alexander etwa die Wurzelstöcke von zwei Pflanzen in Melissas Salat geschnitten, nachdem die von ihm wissen wollte, warum jemand ihr die Männerporträts geschickt hatte? Was für ein Verdacht!

Barbara hatte sofort im Labor angerufen und inzwischen war ihre böse Ahnung bestätigt.

Jetzt am Heiligabend saß sie in ihrer Wohnung gemeinsam mit Wolfgang vor Melissas Weihnachtsbaum, auf den sie doch angeblich in diesem Jahr hatte verzichten wollen. Bestimmt war es ihrer Freundin recht, dass sie die auf Melissas Balkon gelagerte Silbertanne zu sich geholt und festlich dekoriert hatte.

»Der Lügenbaron hat es heute sicher nicht so nett.« Wolfgang nickte zufrieden. »Der wird in einer ziemlich engen und kühlen Zelle sitzen. ›Kalte Nacht‹ statt ›Stille Nacht‹.«

»Das ist doch ein weiterer Grund, es uns so richtig gemütlich zu machen.« Barbara öffnete eine Flasche Wein.